MON MARI, SON POTE ET MOI : PREMIER PARTAGE

Vanessa Desirius

-      Ca va chérie ? J'ai suggéré à Paul de venir boire quelques bières avec nous ce soir. Ça ne te dérange pas j'espère ?

Marc me demande gentiment avec une intonation douce et innocente. Nous sommes affalés sur le canapé en train de regarder un film et il caresse doucement mon bras. Je contracte légèrement ma main. Il a dû sentir que je me suis un peu crispée au nom de son meilleur ami car il fait marche arrière en me disant :

-      Si tu veux, je peux le rappeler et lui dire que ce soir tu ne te sens pas très bien.

Paul est le super pote de Marc et il est vraiment super craquant. Il dégage ce charme qui vous envoûte au premier regard. Dès qu'il s'approche de moi, mes jambes commencent à flageoler, je souris bêtement et j'essaie d'être le plus naturelle possible alors que mon langage corporel dit : « prend moi dans tes bras ». Je ne suis jamais tranquille quand il est dans les parages. Je suis toujours troublée même si son comportement est toujours très respectueux. Parfois, Je me sens un peu coupable. J'aime tellement Marc. Nous nous sommes mariés il y a un an environs et je file le parfait amour. Mais quelques fois, je me mets à fantasmer sur Paul et j'ai vraiment des pensées très impudiques.

-      Non chérie, ça ira. Invite-le. Vous n'avez pas souvent l'occasion de vous voir et c'est un peu à cause de moi, je monopolise tout ton temps. Je ne veux pas être cette épouse qui te coupe de ton ancienne vie et qui t'empêche de voir tes amis dès que tu as la bague au doigt. Je ne suis pas jalouse de tes fréquentations. Allez, faite vous une soirée mecs !

Je pose un baiser sur son front.

- Jade, J'aurais aimé que tu restes avec nous ce soir. Paul est mon meilleur ami et je sens que tu essayes de l'éviter et je me demande pourquoi. Vous êtes tous les deux les personnes qui compter le plus pour moi. J'ai besoin que vous puissiez vous entendre tous les deux.

Gros stress. Comment est-ce que je vais me comporter quand Paul sera là. Juste un petit sourire de sa part et je rougis comme une ado en pensant à ce que j'aimerais bien faire avec lui. Cela me rend si mal à l'aise et je me sens si coupable, je ne voudrais pas que Marc s'en aperçoive. Mais cela ferait vraiment plaisir à mon mari alors, Je vais accepter.

- Super ! Dis-je d'une voix faussement enthousiaste.

- Ça va être vraiment génial. J'ai hâte d'être à ce soir ! s'exclame Marc.

Cela va être un enfer cette soirée. Je m'approche de lui et l'embrasse passionnément. Je fourre ma langue dans sa bouche et je savoure la sensation de sa langue contre la mienne. Je sens que mon corps commence à être excité par ce baiser fougueux et la pointe mes seins se redresse ostensiblement. Soudain, Il s'écarte juste au moment où j'aurais aimé allez plus loin. La sonnette de la porte d'entrée résonne dans l'appartement.

- Salut ! Est-ce que tout le monde est dans une tenue descente ici ? Paul entre toujours sans attendre d'y être invité.

Pas vraiment, en pensant à mes tétons qui se dressent et au sang qui afflue vers mon clitoris en entendant la voix suave et mélodique de Paul. Il chante dans un groupe qui a une petite notoriété locale. Mes mains deviennent moites et ma bouche devient sèche quand il entre dans le salon.

-       Ca va les enfants ? dit-il avec un large sourire.

-       Hey Paul ! Marc lui sourit à son tour. Ça fait longtemps qu'on ne s'était pas vu, mec.- Ouah, putain, des bières ! Et de la Vodka ! cria Marc en voyant les bras chargés de Paul.

-       Oui, j'ai apporté quelques rafraichissements dit-il en s'asseyant sur le canapé à côté de moi.

Oups ! Je suis maintenant assise en sandwich entre Marc et Paul.

-       Salut Paul ! Dis-je un peu timidement. Contente de te revoir !

-       Moi aussi ! réplique-t-il en s'approchant pour me faire la bise.

Par reflexe, mes mains se posent sur sa poitrine. Waouh ! Je suis choquée ! Il vient de me faire la bise et ses lèvres sont si douces sur mes joues. Je sens également les muscles de ses pectoraux durs et bien dessinés. C'est une torture de résister à l'envie de le caresser. Je retire rapidement mes mains de son torse, et je me pousse un peu plus vers Marc.

-       Que dirais-tu d'un shoot de Vodka, jolie Jade ? Demande Paul en débouchant la bouteille d'une marque réputée.

-       Euh, pourquoi pas !

Paul boit une gorgée au goulot et approche la bouteille vers ma bouche. Il doit voir mon expression un peu surprise car il dit en me faisant un clin d'œil :

-       On est tous amis ici, n'est-ce pas ?

-       Oui, on n'a pas besoin de sortir des verres. Rajoute Marc.

J'ouvre ma bouche, un peu hésitant, alors que Marc entoure mon épaule et dépose un baiser bienveillant sur ma tempe. La bouteille touche le bord de mes lèvres et Paul la penche légèrement, déversant l'alcool dans ma bouche. C'est trop. Je referme mes lèvres pour pouvoir avaler et le reste du liquide tombe sur mon tee-shirt.

- Oups ! Désolé Jade. Dit Paul amusé.

De sa main libre, il essuie la vodka qui coule sur mon menton et approche ses doigts de sa bouche si sensuelle et lèche ses doigts lentement pour y aspirer la vodka.

Qu'est qu'il fout !! Mon cerveau va exploser ! Je ne peux pas croire qu'il vient de faire ça devant Marc. Qu'est-ce qu'il se passe ici ?

- Donne-lui la bouteille. Demande Marc.

Paul prend une gorgée d'abord, puis avec sa langue il lèche le rebord du goulot pendant qu'il me regarde droit dans les yeux. Ensuite, il penche la bouteille et boit une bonne rasade. J'ai la sensation que des flammes me consument de l'intérieur. Je sens mon visage qui rougit et la chaleur envahir mes joues. Pourquoi il joue avec moi comme ça ? Avec Marc juste là !

Soudain, Paul se penche au-dessus de moi pour passer la bouteille à mon mari. Il s'appuie sur mon épaule pour garder son équilibre. Mon dieu, qu'il sent bon ! Et je peux sentir chaque doigt de sa main bruler la chair de mon épaule à travers mon tee-shirt.

- J'ai amené un film ! Je pense que vous allez l'adorer ! dit-il en souriant. Il y a une bande son de malade !

Paul se lève et marche jusqu'au lecteur de DVD. J'essaye- mais je ne réussis pas- de ne pas mater son superbe cul bien moulé dans son jean qui le sert parfaitement.

Je détourne mon regard quand Marc passe la Vodka devant mes yeux et dit :

- Prend encore une gorgée, Jade.

J'en ai besoin. J'arrache la bouteille des mains de Marc et je bois quelques gorgées bien remplies. Paul se rassoit après avoir inséré le DVD dans le lecteur. Je lui propose la bouteille. Sa main touche mes doigts lorsqu'il la prend et il sourit bizarrement en disant :

- Quelqu'un veux faire la fête ce soir !

Je ne peux pas m'empêcher de regarder sa langue qui lèche les gouttes qui coulent sur le bord de la bouteille.

Paul se penche encore sur moi pour passer la bouteille à Marc, puis il se lève et va chercher deux bières. Il m'en donne une et se rassoit encore plus près de de moi. Trop près. Je peux sentir la chaleur et l'électricité qui rayonne de son corps. Je suis si nerveuse que je tremble et ma respiration se fait plus rapide. Être si proche de Paul et son attitude plus qu'ambigüe est vraiment déconcertante.

- Qu'est-ce qu'il y a bébé ? Me demande Marc d'un ton inquiet. As-tu froid ?

Il me tire vers lui et frotte ses mains chaudes sur mes bras.

- Pourquoi ne relèverais-tu pas tes pieds ? Il continue sans me laisser répondre. Paul va te réchauffer tes orteils. Ne t'inquiète pas, dit-il en voyant mon étonnement. Paul fait des massages de pieds divin, n'est-ce pas mon pote ?

En guise de réponse, Paul attrape mes pieds et les pose sur ses genoux, glissant ses belles mains sous mes chaussettes. Pour me donner de la contenance, j'attrape ma bière et je bois plusieurs gorgées d'affilées. Paul scrute la pièce et voit une lotion de crème nourrissant sur la table basse.

- Ah ! Voilà qui fera l'affaire. S'exclame-t-il en attrapant le flacon et en le posant sur le canapé près de lui. Il cherche le haut de mes chaussettes. Ses mains glissent sous le revers de mon jean et montent, montent, montent jusque sous mes genoux. Je suis sûre qu'il adore mes chaussettes montantes en laine spéciales hiver. Je ricane quand il touche ma peau. Je ricane ! C'est surement l'alcool, en plus je n'ai pas beaucoup mangé aujourd'hui !

Il se repositionne et pose mes pieds sur la bosse que forme son sexe sous son pantalon. Je détourne le regard un peu gênée. Il entreprend de descendre lentement mes chaussettes comme si de rien n'était.

- Ce sont de très belles chaussettes que nous avons là ! Ironise Paul en faisant glisser le tissu sur mes jambes.

Heureusement je suis rasée aujourd'hui !

- Je démarre le film dit Marc en arrêtant de me frotter les bras pour attraper la télécommande et appuyer sur « play ».

- qu'est-ce qu'on regarde ? demande Marc.

- C'est un film artistique érotico-post-moderne un peu bizarre mais avec des supers musiques. Répondit-il d'un air un peu gêné. Mais vous allez voir, c'est vraiment bien.

Il prend le flacon de la crème, dépose une noix sur son index et frotte lentement ses mains pour étaler la lotion. Ensuite, il masse doucement mes pieds sensibles. J'étouffe un petit cri au contact de ses mains sur ma voûte plantaire en essayant de ne pas lui filer un coup de pied.

- Est-ce qu'on ne serait pas chatouilleuse par hasard ? Demande Paul en titillant mon pied avec ses doigts. Mon coup de talon involontaire suivi d'un cri perçant touche sa cuisse musclée. Marc se moque derrière moi et avec un sourire maléfique commence à me chatouiller sous les aisselles. Je les supplie d'arrêter, bougeant mes jambes et mes bras dans tous les sens et en rigolant nerveusement.

-       Arrêtez, stop, stop ! Dis-je, suppliante.

Mon ventre me fait mal à force de rire. Ils essaient de bloquer mes membres pour que je ne puisse pas donner un coup sur une partie sensible. Paul agrippe mes jambes et enfonce sa tête entre mes cuisses pour éviter les coups. Marc attrape mes bras et les maintient derrière mon dos.

Sur l'écran de la télévision, un couple fait l'amour passionnément. Leurs gémissements et leurs râles sexuels emplissent le salon. Je réalise que la position dans laquelle me place Marc en attrapant mes bras, fait ressortir ma poitrine qui se tend comme une offrande au regard de Paul. Pendant la bagarre, mes vêtements avaient bougé et offrent une vue indécente sur mon décolleté.

Je sens le sexe de Marc se tendre sur le bas de mon dos. Ses lèvres légèrement ouvertes embrassent ma nuque et je ressens la chaleur de sa bouche sur ma peau. Paul continue à mater mes seins avec un regard de convoitise. Tout en maintenant sa prise sur mes jambes, il commence à me caresser la cuisse doucement. Emprisonnée entre ces deux hommes super sexy, Je sens une vague de désir monter en moi. Les sons du couple en train de se donner du plaisir à la télé, ajoutent à la dimension sexuelle de la situation. Nous avons arrêté de chahuter et nous sentons que quelque chose est en train de se passer. Nos regards se croisent avec envie et nous sommes au bord de la rupture, prêt à laisser nos pulsions animales prendre le dessus. Je n'ai jamais été dans un tel état d'excitation sexuelle aussi rapidement.

Marc relâche son étreinte et mes bras peuvent enfin se détendre un peu. Soudain, il attrape mes deux seins avec ses mains et les presse fermement en les faisant remonter pour les faire ressortir de mon tee-shirt.

Paul n'en perd pas une miette tout en continuant ses caresses sur mes cuisses remontant lentement vers mes fesses. Il agrippe mon cul et le ramène vers lui. Je sens son sexe durcit par le désir sur ma chatte humide. Oh putain !

Son membre sur mon sexe, il commence à se frotter sur moi. Il sort de ma bouche un son qui ressemble à un gémissement de plaisir instinctif. Une intense chaleur envahit mon corps.

Est-ce qu'ils ont déjà fait cela auparavant ? Est-ce que Marc et Paul partagent toujours leurs conquêtes ? Ou est-ce la première fois ?

Et puis merde ! On s'en fou. Mon cerveau s'embrume et la vague de plaisir et de désir efface toutes mes réticences et je ne me pose plus de questions. Marc m'embrasse encore sur ma nuque et sort légèrement sa langue pour lécher mon cou. Cette sensation finit de me détendre complètement et je me laisse aller au plaisir que je ressens.

Marc attrape mes tétons entre son pouce et son index et les pince de plus en plus fort. A chaque pression, le sang afflue dans mon clitoris et ma chatte devient de plus en plus humide. Il trouve la limite entre la douleur et le plaisir et joue avec la pointe de mes seins tout en restant à cette frontière. Il sait exactement comment manipuler mon corps pour me faire plaisir.

-    Je veux te voir sucer Paul. Dit Marc d'une voix douce mais ferme, comme un ordre.

Cette façon de me parler est nouvelle pour moi. Il n'a pas l'habitude de donner des ordres et préfère utiliser son charme et sa subtilité pour obtenir ce qu'il veut. Du coup, ce nouveau ton fait monter mon excitation d'un cran et une nouvelle vague de mouille remplit ma culotte.

- Défait ma braguette ! demande Paul presque suppliant.

- Fait-le ! Ordonna Marc à mon oreille. Descend sa braguette et sort sa bite de son caleçon. MAINTENANT !

Puis, il prend le lobe de mon oreille dans sa bouche et le titille doucement jouant avec sa langue. Je ne peux pas décrire ce que je ressens à l'intérieur. Mais instinctivement, mes mains se dirigent vers la braguette de Paul. Je déboutonne son jean, J'attrape la fermeture éclair, et l'ouvre d'un geste vif. Je glisse ma main à l'intérieur du caleçon et je touche son sexe chaud et doux comme du velours. Je tâtonne jusqu'à la base de son pénis pour pouvoir le sortir gentiment de sa prison de tissu.

En voyant l'engin sortir, je suis étonnée de l'énorme queue qu'il possède. Je jette un coup d'œil sur son visage habituellement souriant et jovial, mais là, son expression est plutôt neutre et il gémit quand je prends sa bite dans ma main.

Putain de merde ! En regardant son sexe, je me dis que je n'ai jamais mis quelque chose d'aussi gros dans ma bouche ni même ailleurs, en fait…

Paul pose délicatement mes pieds par terre puis il se lève. Pendant ce temps, Marc me murmure à l'oreille :

- Paul va baiser ta bouche et ta chatte et moi je vais m'occuper de ton petit cul, Jade. C'est aussi simple que ça.

Tandis qu'il me dit ce qu'il va se passer, il descend ses mains vers mon ventre et continue jusqu'à ma ceinture. Il enlève le bouton de mon pantalon et glisse sa main sous mon jean et sous ma culotte. Il sent ma chatte bien humide et soudain, il enfonce deux doigts dans ma fente. Je gémis et je ferme les yeux lorsqu'il me pénètre avec son majeur et son index. Je visualise la scène mentalement et je me rends compte que c'est super chaud ! Je n'ai jamais fait ça avec deux garçons à la fois, mais cela fait partie de mes fantasmes. J'ai même déjà songé que Marc et Paul me baisent ensemble, mais je crois que là, mon rêve va devenir réalité.

J'ouvre mes yeux et je vois le membre en érection de Paul à quelques centimètres de ma bouche. Il vient de se poster en face de moi. Il attrape son énorme bite et la présente devant mes lèvres. Je jette un coup d'œil sur son visage et j'aperçois son regard qui examine ma bouche avec envie. Il soupir et avance son gland luisant de sa mouille masculine sur mes lèvres. Dans un réflexe, je sors ma langue pour recueillir le liquide translucide et gouter à son intimité.

Soudain, il attrape ma nuque d'une main et son sexe de l'autre. Il tient fermement ma tête et l'avance sur son gland. J'ouvre ma bouche et il introduit son membre.

-       Suce Jade. Gémit-il. Tu ne sais même pas depuis combien de temps je rêve de fourrer ma bite dans ta belle petite bouche. Suce-moi ! Vas-y suce moi bien !

Il ordonne en poussant sur ma nuque pour que j'enfonce bien son sexe dans ma bouche. Mes lèvres se distendent sous l'épaisse queue et je commence à le sucer.

Paul cri et gémit. Je suis tellement contente de pouvoir lui procurer autant de plaisir. Je suis concentrée sur ma fellation quand je sens les doigts de Marc qui s'agitent de plus en plus dans ma chatte. Un cri sort de ma gorge mais reste étouffé par le sexe de Paul. Marc me murmure à l'oreille :

-     Je n'ai jamais rien vu d'aussi sexy de ma vie, Jade.

Le va-et-vient de ses doigts frotte mon clitoris au rythme du mouvement de ma bouche sur la bite de Paul. Nous interprétons une partition d'une parfaite synchronisation. Nous sommes un instrument de musique qui joue la mélodie du plaisir.

-     Quand je te vois sucer la bite de Paul, j'ai envie de te voir toute nue, Jade. J'ai envie de te remplir avec mon sexe et de te baiser dans tous les sens.

Pendant qu'il parle, il introduit un troisième doigt dans ma fente et va aussi loin qu'il peut. Paul lâche un cri rauque. Il commence à perdre le contrôle et rien ne peux l'empêcher de continuer. Il pousse encore plus fort ma tête et sa queue pénètre au fond de ma gorge m'étouffant quelques instants.

Les larmes coulent de mes yeux et je ne peux presque plus respirer, mais je reste calme. Je retiens mon envie de tousser et de vomir. Paul a son sexe profondément enfoncé dans ma bouche, écartant mes lèvres et ma mâchoire au Maximum. Puis il se retire, me laissant reprendre mon souffle pour mieux reprendre ses va-et-vient.

-     Tu es vraiment magnifique. Chuchote Marc à mon oreille. Je t'aime tellement, tu es si belle. Il se décale légèrement sur le côté et enlève son jean et son boxer. Puis il se remet en position, mon dos entre ses jambes. Il frotte son sexe et se rapproche de mes fesses. La sensation de sa queue lisse sur le bas de mes reins envoie une giclé de mouille dans ma culotte.

Je sens qu'il se positionne pour que son sexe soit entre mes deux fesses.

- Je n'en peux plus Jade, confesse Paul. Je vais exploser dans ta bouche si je continue comme ça.

Il retire son sexe de ma bouche et se baisse pour m'embrasser tendrement sur mes lèvres, sur mes joues et puis il recouvre mon visage de baisers. Je suis aux anges, prise en sandwich par ses deux magnifiques mâles qui s'occupent de moi à la perfection. Paul et Marc embrassent maintenant mon cou. La sensation de ces deux bouches de part et d'autre de ma nuque est incroyable.

Ensemble, Mon mari et Paul me déshabillent, retirant mon tee-shirt et faisant glisser mon pantalon le long de mes cuisses. Je suis maintenant uniquement vêtue d'une culotte rose pâle et de mon soutien-gorge assorti. Ensuite, Paul me sourit et dirige ses mains vers ma poitrine durcit par le désir. Il touche pour la première fois mes seins et attrape la pointe tendue à travers mon soutif. Il joue avec mes tétons et son sourire ravageur me fait fondre. C'est si excitant, tellement érotique.

Marc attrape mes hanches et m'assoit sur ses genoux. Pendant ce temps, Paul continu de me caresser et de découvrir mon corps.

- Enlève ta culotte ! ordonne mon mari

J'obéis et me déhanche tant bien que mal pour faire glisser ma culotte collante le long de mes courbes envoutantes. Je touche la queue de Marc avec mon cul pendant la manœuvre. Paul s'arrête de me toucher pour profiter du spectacle et matte mon sexe complètement rasé. Marc trouve l'attache de mon soutien-gorge et le dégrafe. Il le fait glisser le long de mes bras jusqu'à ce que Paul puisse l'enlever. Il finit de le retirer et regarde ma poitrine généreuse reprendre sa place naturelle. Sans attendre, Paul se penche sur mes seins et attrape mon téton droit entre ses lèvres brulantes. Nous gémissons ensemble lorsque nos chairs se touchent.

Mon mari caresse l'intérieur de mes cuisses et remonte jusqu'à mon sexe. Il titille mon clitoris d'une main et enfonce trois doigts de l'autre main. Un petit cri sort de ma bouche. Il joue avec ma chatte avec délice. En même temps, il me tire vers lui pour que son sexe s'immisce dans le sillon de mes deux fesses charnues.

Paul s'agenouille en face de moi et fait glisser ses mains sur mes hanches pour saisir mon cul. Il m'embrasse avec fougue et ce baiser très sensuel enflamme mon cerveau. Mon mari continue à jouer avec mon sexe. Attrapant mon clitoris entre son pouce et son index, enfonçant ses longs doigts dans ma fente trempée ou caressant mes lèvres gonflées de désir. Je gémis tout en ayant la langue de Paul dans ma bouche. Soudain, il attrape mes fesses et me fait basculer sur lui. Marc retire ses mains pendant le mouvement et je me retrouve par terre, à califourchon sur Paul, mon sexe touchant le sien. Ma mouille coule sur son membre qui frotte l'entrée de ma chatte. Je veux sa queue en moi. Maintenant !

-       C'est l'heure Jade, murmure Mon mari. Paul va baiser ta douce petite chatte maintenant. Pendant que Marc me susurre ces mots, Paul guide son gland à l'entrée de ma fente qui mouille de plus en plus.

-       On va y aller en douceur, Jade. Je ne veux pas te faire de mal.

Le bout de sexe pénètre lentement dans ma chatte. Je gémis et il pousse un cri de satisfaction mélangé à de la frustration.

-       J'aimerais tellement entrer en toi, te prendre sauvagement et enfoncer ma queue complètement, d'un seul coup. Déclare Paul.

Ses mots font couler ma mouille sur sa verge pendant que je l'embrasse fougueusement. Une partie de moi veut qu'il le fasse mais l'autre partie sait que cela peut être douloureux.

Il progresse lentement et je sens déjà ma chair qui s'écarte sous la grosseur de son membre. Il recule un peu et commence quelques petits mouvements de va-et-vient afin d'habituer ma chatte à l'épaisseur de sa queue. Grâce à ma mouille qui recouvre son sexe, il s'enfonce un peu plus à chaque mouvement, restant à la limite du plaisir et de la douleur. C'est délicieusement bon !

Mais je ne peux plus attendre et je veux l'avoir tout entier en moi. Je veux qu'il me prenne bestialement, qu'il me défonce avec son gros membre même si cela doit me faire mal. Je sais que ma chatte s'habituera et que je finirais par prendre énormément de plaisir.

- Oh ! Jade. C'est si beau et tellement excitant de voir l'énorme queue de mon meilleur ami rentrer dans ta chatte trempée. Je t'aime tant, tu es si sexy et ta soif de découverte m'étonne toujours. Dit Marc qui s'est agenouillé derrière moi. Je me retourne et je l'embrasse passionnément. Il glisse ses mains sur mes seins, les caressant doucement. Paul continue de me pénétrer avec sa grosse queue.

- Vas-y Jade, prend mon sexe, prend le tout entier. Je vais te baiser comme jamais tu ne l'as été. Je vais te remplir comme jamais tu n'as été remplie !

Ses mots ont l'effet d'un électrochoc et mon sexe se contracte involontairement autour de sa queue. Il gémit et attrape mes fesses encore plus fermement.

-     Jade, tu es vraiment extraordinaire. Tu as la chatte la plus soyeuse, la plus étroite que j'ai jamais pénétrée. J'ai envie de te baiser si fort...

Il pousse encore un peu plus son sexe en moi et se force à ralentir la cadence quand il entend mon souffle court et mon râle de souffrance mêlé de plaisir. A chaque pénétration de son sexe, j'ai mal, mais le plaisir de me sentir complètent remplie et mes lèvres tellement écartées me fait fondre de bonheur. Je sais que l'orgasme que va me procurer cette queue monumentale sera mille fois plus intense que ce que j'ai connu auparavant.

Paul s'arrête un instant afin que mon sexe se relâche un peu autour de son membre. Marc est toujours derrière moi et pince légèrement mes tétons et je sens le sang affluer vers mon clitoris.

Marc commence à frotter sa queue entre mes fesses. C'est vraiment incroyable d'avoir un homme en moi et sentir un autre mâle derrière qui ne pense qu'à s'introduire également. Leurs mains caressent mon corps et ils me goûtent avec leurs baisers sensuels.

Paul enfonce encore plus son membre. Mon souffle s'arrête. Je regarde mon sexe qui avale l'immense queue. Je n'ai jamais été aussi remplie de toute ma vie. Il pousse jusqu'au fond et je me demande comment mon sexe peut engloutir toute sa verge. Mes dents rencontrent son épaule et je mords sa chair passionnément. Paul me pistonne maintenant avec toute sa fougue et son membre est complètement dans mon sexe. Plaisir ou souffrance ?

Soudain, je sens qu'une vague de plaisir plus intense que les autres atteint mon bas ventre. Est-ce un orgasme ? Je n'ai jamais eu d'orgasme avec Marc en si peu de temps. Paul trouve son rythme et sa grosse queue appuie sur des endroits de mon vagin qui n'ont jamais été autant stimulés. Cette sensation est si nouvelle et si merveilleuse. Soudain, ma chatte brule et entre en transe. Je sens l'envie de jouir...ou d'uriner. Je n'arrive pas à le savoir. Mais cette sensation est tellement incroyable.

Paul, voyant mon orgasme arriver, se retire complètement et mon corps se met à convulser et des jets de liquide translucide s'échappent par saccades de mon sexe en feu, aspergeant la queue et le ventre de Paul.

Putain de merde ! J'ai tout trempé ! Je viens de juter ! C'est une sensation vraiment unique de jouir comme ça ! Paul me regarde amusé et ravi.

-       Tu es vraiment extraordinaire Jade.

Marc me complimente pendant qu'il glisse son sexe entre mes cuisses pour le lubrifier avec le liquide qui vient de sortir de ma chatte. Il frotte sa queue sur mon clitoris qui est encore si sensible que cela me fait mal. Mon corps se raidit.

-       J'ai tellement envie de toi ! Je vais prendre ton petit cul ! Il est à moi ! Rugit Marc dans un souffle.

En même temps il glisse son gland dans ma chatte inondée de mouille et de jute féminine. Son sexe entre dans ma fente et m'arrache un petit cri.

-       Tu es à moi ! Tu es toujours à moi. Tu es ma femme !

Je suis proche d'un nouvel orgasme en entendant ses mots. Il sort son gland de ma chatte et l'approche rapidement du petit trou de mon cul.

-       Tu vas jouir encore une fois quand je vais baiser ton cul ! dit Marc d'une voix rauque. Et quand je rentrerais ma queue dans ton petit trou, Paul baisera ta petite chatte bien étroite avec sa grosse bite. Nous allons te remplir et te faire jouir tous les deux en même temps.

Putain de merde ! Sa voix et ses mots inondent mon cerveau et s'emparent de mon corps. Mon excitation revient de plus belle et le sang fait gonfler mon sexe. Je sens le gland de Marc contre mon petit trou. Il est encore couvert de ma mouille.

Il pousse sa queue et soudain mon cul s'écarte et laisse entrer son membre bien dur. Je gémis et je cri. Marc entoure mon ventre avec ses bras et me tire vers lui. Puis il attrape mon sexe avec ses mains et masse mon clitoris tout en amenant mon bassin vers lui. Sa queue s'enfonce profondément dans mon petit trou et je lâche un cri de plaisir.

Son membre n'est pas aussi large que celui de Paul, mais il est d'une taille plus que respectable. Si Marc n'avait pas détendu mon anus régulièrement avec des objets plus ou moins gros, je ne pense pas qu'il aurait pu introduire sa queue. Mais maintenant je n'en peux plus. Je veux que leurs deux bites me remplissent devant et derrière. C'est la première fois pour moi et c'est si excitant. Je pousse mon cul contre le sexe de Marc pour qu'il s'enfonce complètent. Je suis tellement excitée et détendue que son sexe entre sans peine, alors que d'habitude, il faut lubrifier mon anus un bon moment pour qu'il puisse avaler sa queue toute entière.

-       C'est ça Jade, prend là complètement !

Il commence ses mouvements de va-et-vient et je ne ressens que du plaisir. En même temps, il introduit ses doigts dans ma fente trempée et caresse mon clitoris avec son pouce. Marc me sodomise frénétiquement devant Paul qui se masturbe en regardant ce spectacle merveilleux. Il vient de baiser la femme de son meilleur ami et va bientôt recommencer.

Marc avance et recule son bassin avec force. Jamais il n'a été aussi vigoureux et j'en ressens un énorme plaisir. Il m'agrippe et me sert contre lui explorant ma chatte et frottant mon clitoris frénétiquement avec ses doigts. Il sert ma gorge, embrasse ma nuque, mordille mes épaule. Il me baise furieusement. Soudain, Paul sentant que le moment était venu, se rapproche et enfonce son énorme queue dans ma chatte en feu.

Il pousse bien au fond et ma fente déjà élargie et remplie de mouille, accueille son membre sans difficulté. Les deux hommes me baisent et je sens leurs queues en moi. Ils bougent à l'unisson et je n'arrive pas à savoir d'où vient mon plaisir. Mais cette sensation d'être remplie des deux côté, me mène à l'extase. Après quelques minutes de va-et-vient Je sens les spasmes de la queue de Marc qui jouit en premier dans mon petit trou. La chaleur de son sperme coule entre mes fesses. Paul continue ses coups de reins et je sens que je vais jouir une nouvelle fois. Un orgasme puissant et indescriptible part du bas de mon sexe et remonte comme un tsunami le long de ma colonne vertébrale. Je me crispe, j'attrape les bras de Marc qui entoure encore mon ventre et je hurle de plaisir. Puis à son tour, Paul jouit en moi dans un râle animal. Chaque jet de foutre m'envoie de puissantes vagues de plaisir. Après un court instant, Les deux semences coulent et se rejoignent entre mes cuisses.

Maintenant, Nos trois corps son immobiles et ressentent la plénitude de la jouissance. Le film est fini et nos respirations courtes et intenses sont les seuls bruits qui remplissent la pièce. Ce moment de joie et de répit est inoubliable et restera gravé dans ma mémoire. Paul m'embrasse affectueusement et Marc attrape mes seins tendrement tout en déposant des baisers sur ma nuque. Ensuite, il se retire de mes trous laissant le liquide blanchâtre s'échapper de mon sexe et de mon anus. Nous nous allongeons alors sur la moquette du salon, moi entre mes deux hommes, nos regards fixés sur le plafond.

-       Tu as été vraiment formidable Jade. Mon pote à la femme la plus extraordinaire du monde. Affirme Paul.

-       C'est vrai. Acquiesce Marc et vous êtes les deux personnes les plus importantes pour moi et je suis content que vous vous entendiez si bien.

Fin

Du même auteur:

Initiation érotique par mon beau-père

Nouvelle érotique,
Première fois, Tabou

VANESSA DESIRIUS

Je viens d'avoir dix-huit ans et je fête mon anniversaire dans la maison de mes vacances. Il y aura mon beau-père, Paul qui est super sexy, ses 2 frères et son neveu. Dans leur famille, ils fêtent les 18 ans des garçons en invitant une Call-girl. Mais là, je suis une fille, alors quel sera le rite initiatique ?

Extraits:

Je suis très en colère. Ma mère nous délaisse complètement depuis qu'elle a reçu sa promotion.

-Tu pars avec Paul aujourd'hui et je vous rejoindrais demain pour le déjeuner.

Je sais que rien ne peux la faire changer d'avis.

-D'accord maman, mais c'était mon anniversaire hier et comme cela tombait en semaine je voulais le fêter ce week-end. On n'a pas tous les jours dix-huit ans. En plus, j'adore la maison de la Baule, j'y ai tellement de souvenirs...

-Tu sais, dans la famille nous avons une petite tradition quand une personne atteint l'âge de dix-huit ans. Comme il y a que des garçons dans la famille, nous nous arrangeons pour organiser la venue d'une Escort-girl pour une initiation en bonne et due forme devant les hommes de la famille. Ensuite, tout le monde participe à la fête. Si tu avais été un garçon, nous aurions pu faire la même chose. Dit-il avec un petit sourire.

-C'est vraiment trop bizarre ton truc ! C'est un peu tordu quand même !

J'ais dix-huit ans, vierge, assise dans ma chambre, alors qu'en bas, quatre garçons espèrent que j'accepte leur initiation lubrique. Quelqu'un frappe à la porte. C'est Paul qui vient pour s'excuser. Paul me répète que c'est une sorte de tradition familiale et qu'il faut oublier tout ça. Qu'il n'aurait jamais dû en parler. Cependant, à mon grand étonnement, je commence à poser des questions :

-En fait, quelqu'un devrait me baiser pendant que les autres regarderaient ? C'est ça le plan ?

Entre elles: 2 histoires érotiques

Deux petites histoires qui se passent entre femmes. Le désir monte et les choses s'accélèrent sans que l'on puisse résister...

Érotisme et sensualité...

Bitch Volley:

Le match était terminé et j'avais pris un ballon en pleine tête trop occupée à mater les jambes si parfaites de ma nouvelles coéquipière. Cette jeune beauté remplaçait ma petite amie qui jouait aussi dans l'équipe mais qui avait définitivement arrêté le Volley pour cause de blessure au genoux. Du coup, avec la nouvelle, nous allions partager la même chambre, le même lit. Mais pas de panique, j'avais acheté un pyjama vert kaki qui me servirait d'armure pendant la nuit, et puis cette fille n'était surement pas attirée pas les autres filles. A moins que....

Orange kiss:

Je n'aime pas trop la couleur orange. Mais le rouge à lèvre de cette fille était orange et m'avait subjugué. Je suis une fille et j'adore les autres filles. Mais là c'était une femme, une si belle femme, si attirante. Jamais je ne pourrais l'aborder. Alors quand elle est venue me parler, me séduire, je suis devenue une marionnette entre ses mains.

MASTER SEX : L'émission cul-linaire

Bienvenue dans cette 15ème saison de « MASTER SEX », l'émission cul-linaire qui vous procure du plaisir toutes les semaines. Nous sommes au stade des demi-finales avec Cyril, Vincent, Jade et Iris...

...Le chef fut surpris mais se laissa faire. Au début, Iris enfonça légèrement le gland dans sa bouche et le suça très doucement...

-Alors, je suis qualifiée ? Demanda-t-elle pleine d'assurance...

Cyril pu reprendre le chemin du sexe de la chef. En aplatissant la paume de sa main sur la vulve, il s'aperçût qu'elle avait une énorme touffe de poils rendue poisseux par la mouille qui perlait à grosse goutte...

Mme Chatte-rose rappela Cyril pour participer à l'émission...

Iris ne répondit pas et colla son corps contre celui de sa copine. Le parfum qui se dégageait de la jeune femme enivrait Jade. Elle n'avait pas pu, ou voulu, s'échapper de cette étreinte. Leurs lèvres n'étaient qu'à quelques millimètres. Iris passa sa main derrière le dos de Jade et baissa la fermeture éclair de sa robe. Elle fit glisser le tissu jusqu'aux hanches. Une cuisse était déjà entre les jambes de la brunette...

Printed in Great Britain
by Amazon

49259209R20017